Texte de Geronimo Stilton
Illustrations de Larry Keys
Graphisme de Merenguita Gingermouse *et* Soia Topiunchi
Traduction de Titi Plumederat

Les noms, personnages et intrigues de Geronimo Stilton sont déposés. Geronimo Stilton est une marque commerciale, licence exclusive des Éditions Piemme S.P.A. Tous droits réservés.
Le droit moral de l'auteur est inaliénable.

www.geronimostilton.com

Pour l'édition originale :
© 2001 Edizioni Piemme S.P.A. – Via del Carmine, 5 – 15033 Casale Monferrato (AL) – Italie
sous le titre *Attenti ai baffi... Arriva Topigoni!*
Pour l'édition française :
© 2007 Albin Michel Jeunesse – 22, rue Huyghens – 75014 Paris – www.albin-michel.fr
Loi 49 956 du 16 juillet 1949 sur les publications destinées à la jeunesse
Dépôt légal : second semestre 2007
N° d'édition : 16879
ISBN-13 : 978 2 226 17196 2
Imprimé en France par l'imprimerie Clerc à Saint-Amand-Montrond

Stilton est le nom d'un célèbre fromage anglais. C'est une marque déposée de Stilton Cheese Maker's Association. Pour plus d'information, vous pouvez consulter le site www.stiltoncheese.com

Geronimo Stilton

ATTENTION LES MOUSTACHES... SOURIGON ARRIVE !

ALBIN MICHEL JEUNESSE

GERONIMO STILTON
SOURIS INTELLECTUELLE,
DIRECTEUR DE *L'ÉCHO DU RONGEUR*

TÉA STILTON
SPORTIVE ET DYNAMIQUE,
ENVOYÉE SPÉCIALE DE *L'ÉCHO DU RONGEUR*

TRAQUENARD STILTON
INSUPPORTABLE ET FARCEUR,
COUSIN DE GERONIMO

BENJAMIN STILTON
TENDRE ET AFFECTUEUX,
NEVEU DE GERONIMO

LE CRI DU RAT D'ÉGOUT

C'était une **CHAUDE** matinée de juillet.
Les vacances allaient commencer…
Je descendis (comme d'habitude) pour prendre mon petit déjeuner au bar du **coin**, où j'avalai un cappuccino et des **brioches au fromage**.
Puis (comme d'habitude) je cherchai au kiosque à

journaux un exemplaire **TOUT FRAIS TOUT FRAIS** de mon journal...

Oh, je ne vous l'ai pas encore dit ? Je suis le directeur de **l'Écho du rongeur**, le journal le plus diffusé de l'île des Souris. Scouit, mon nom est Stilton, *Geronimo Stilton !*

Je disais donc que j'allai au kiosque pour acheter mon journal.

Je farfouillai, furetai, fouinai... mais ne trouvai pas un seul exemplaire.

J'interrogeai le marchand de journaux, **GENÈME QUEUE-LAPRESSE** :

– Bonjour, je voudrais **l'Écho du rongeur** !

Il chicota, embarrassé, en se grattant les moustaches :

– Euh, je ne l'ai pas !

J'étais stupéfait :

– Comment cela ? Vous avez déjà tout vendu ?

Il secoua la tête, encore plus embarrassé.

– Monsieur Stilton, en fait... je ne reçois plus *l'Écho du rongeur.*

J'étais ahuri :

– Mais depuis quand ?

Il me désigna les parois du kiosque, que tapissait un nouveau journal à scandales, **LE CRI DU RAT D'ÉGOUT** !

– Ce matin, à six heures, un rat **BORGNE** est passé me voir. Il m'a proposé une somme incroyable pour que je vende exclusivement *le Cri du rat d'égout*... Il a emporté tous les exemplaires de *l'Écho du rongeur* pour les envoyer au pilon. Je suis désolé, monsieur Stilton, mais vous comprenez, hein, les affaires sont les affaires...

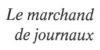

Le marchand de journaux

GENÈME QUEUE-LAPRESSE

Il me secoua sous le museau un chèque sur lequel s'étalaient de trop nombreux zéros. Je balbutiai :

– **QUOIQUOIQUOI ?**

Un rat borgne ?

Je me précipitai au bureau tout en feuilletant, indigné, ce *Cri du rat d'égout* : ils osaient insinuer que *l'Écho du rongeur* était au bord de la faillite !

LE CRI **DU** RAT D'ÉGOUT

SCANDALEUX SCANDALE SCANDALISANT À SOURISIA !!!!!!!!!!!!!!

Exclusif : si ça se trouve, l'Écho du rongeur est au bord de la faillite !
Plus aucun kiosque ne vend ses journaux, plus aucune librairie n'a ses livres en rayon ! Les temps sont durs pour l'Écho du rongeur !

Chers lecteurs, vous ne souffrirez pas de la disparition de l'Écho du rongeur !
C'est nous, au Cri du rat d'égout, qui nous chargerons de vous informer... On est bien meilleurs qu'eux !!!

Geronimo Stilton
Directeur de l'Écho du rongeur

UN RAT BORGNE...

En passant devant la librairie de la rue Pigouille, je jetai distraitement un coup d'œil à la vitrine. J'eus un coup au cœur en remarquant qu'ils n'avaient exposé aucun des livres des Éditions Stilton et qu'on ne voyait que des livres d'une nouvelle maison d'édition, les Éditions Cri !

Gerafol Débouquin, le libraire, était sur le pas de sa porte. C'est un rongeur à l'air *snob* que je connais depuis au moins une vingtaine d'années.

Il était embarrassé.

– Monsieur Stilton, vous connaissez la nouvelle, n'est-ce pas ? Je n'ai plus les livres que publie votre maison d'édition, je suis désolé. J'ai accepté la proposition d'un rat borgne...

Il me secoua sous le museau un chèque sur lequel s'étalaient de trop nombreux zéros. Je devins **blanc comme un camembert,** et pensai : « La situation est encore pire que ce que j'imaginais ! »

Les moustaches VIBRANT d'angoisse, j'arrivai à mon bureau. Je montai l'escalier, hors d'haleine, me précipitai dans la pièce et appelai ma secrétaire en hurlant à tue-tête :

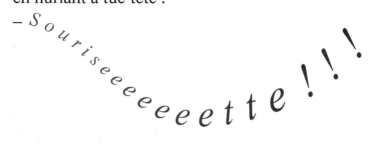

– Souriseeeeeeette !!!

... j'appelai ma secrétaire à tue-tête...

MAIS QUI EST DONC CE MYSTÉRIEUX RAT ?

Mes collaborateurs accoururent, haletants.

– Monsieur Stilton, vous connaissez la nouvelle ?

– Tous les kiosques de l'île ne vendent plus que *le Cri du rat d'égout...*

– Toutes les librairies n'exposent que les livres des Éditions Cri...

Je me mordis la queue de rage et hurlai :

– *La situation est encore encore pire que ce que j'imaginais !*

J'allumai la télévision. Un célèbre journaliste de Rat TV, **Jité Donnelézinfo**, annonça :

– Édition spéciale ! Ce matin, un mystérieux rat borgne, propriétaire des Éditions Cri, a fait la tournée des librairies et des kiosques de l'île, et en a retiré toutes les publications des Éditions

Le célèbre journaliste
Jité Donnelézinfo

Stilton pour les envoyer au PILON. Mais...
scouit, qui est donc ce mystérieux rat qui est en
train de ruiner Geronimo Stilton ???
Les moustaches vibrant d'exaspération, je
hurlai :
– *La situation est encore encore encore pire que ce
que j'imaginais !*

HONORÉ TOURNEBOULÉ, ALIAS PANZER

Le téléphone **SONNA**. J'allai répondre.

– Allô ? ici Stilton, Geronimo Stilton !

C'était tante Toupie, ma petite tata préférée.

– Neveu, j'ai une mauvaise nouvelle, une très mauvaise nouvelle à t'apprendre. Euh, eh bien, je ne sais pas comment te dire... Grand-père... grand-père Honoré...

Un frisson parcourut mon pelage quand j'entendis nommer mon grand-père **Honoré Tourneboulé**, alias **Panzer**, fondateur de l'entreprise.

Je demandai :

– Tante Toupie ! Dis-moi toute la vérité ! Grand-père... grand-père Honoré... est malade ?

J'entendis mon grand-père rugir dans le téléphone :

– Et puis quoi encore ? Je vais très bien ! *Mais si tu ne fais pas tout de suite quelque chose pour sauver l'entreprise, je viens reprendre la maison d'édition !* Compris ? Compris, gamin ???

Je voulus protester :

– Mais grand-père… Scouit…

Il hurla :

– Et ne traîne pas, gamin ! Ouste ! Compris ?

Sinon j'arrive et je te mets à la porte !!! Dehors !!! Compris ? Compris, gamin ???

Geronimo Stilton

Honoré Tourneboulé,
alias **Panzer**

Je restai comme un rongeur songeur.

Je pleurai toutes les LARMES qu'une souris peut pleurer et je m'arrachai les moustaches de désespoir.

– La situation est encore encore encore encore pire que ce que j'imaginais !

je m'arrachai les moustaches je m'arrachai les moustaches

je m'arrachai les moustaches je m'arrachai les moustaches

je m'arrachai les moustaches je m'arrachai les moustaches

je m'arrachai les moustaches je m'arrachai les moustaches

je m'arrachai les moustaches je m'arrachai les moustaches

je m'arrachai les moustaches je m'arrachai les moustaches

MAIS C'EST UNE INJUSTICE FÉLINE !!!

Le téléphone sonna à nouveau.

C'était **RADINETTE DES RADINOUS**, la très riche mais très avare propriétaire de l'immeuble du **13, rue des Raviolis**.

– Bonjour, monsieur Stilton… Euh, je suis obligée de vous demander de quitter les bureaux de *l'Écho du rongeur*… Ce matin, un rat borgne m'en a proposé une somme **EXORBITANTE**. Bref, vous comprenez, j'ai vendu…

RADINETTE DES RADINOUS

Je restai pantois.

– **QUOIQUOIQUOI ?** Ça veut dire que
l'Écho du rongeur est expulsé ?
Elle murmura :
– Eh bien, je regrette... Je suis vraiment désolée...
mais j'aurais besoin que vous partiez tout de
suite, les meubles du nouveau propriétaire, les
Éditions Cri, arrivent dans une **demi-heure**...
Je hurlai, le pelage **hérissé** d'indignation :
– Mais... mais... mais c'est une injustice féline !!!
Elle toussota.
– Euh, vous avez raison, monsieur Stilton, mais
vous savez ce que c'est, les affaires sont les
affaires... Le rat borgne m'a offert une somme
vraiment exorbitante...
Je raccrochai, murmurant avec un filet de voix :
– Je vais y perdre mes moustaches... *La situation
est encore encore encore encore encore pire que
ce que j'imaginais !*

QU'IL SE LA GARDE, SA BANQUE !

Le téléphone sonna à nouveau.

– *ZUT !*

Je décrochai brusquement et hurlai, à bout de nerfs :

– Scouit ! Scouittt ! Qu'est-ce qu'il y a encore ?

À l'autre bout du fil me répondit la voix du directeur de la Banque centrale de Sourisia, **Bour$icot Bancaire.**

– Bonjour, je voudrais parler à monsieur Stilton, Geronimo Stilton…

– Oui, c'est moi ! m'écriai-je.

Bour$icot Bancaire

Je parie que vous allez me dire que vous avez Coupé
tous les financements de notre journal…
Il chicota, stupéfait :
– **Oui !**
Je poursuivis :
– Et je parie que vous allez me dire que vous êtes vraiment désolé, mais que vous ne pouvez plus me faire crédit…
Il chicota, de plus en plus stupéfait :
– **Oui ! Oui !**
Je poursuivis :
– Et je parie aussi que vous allez me dire que la banque de Sourisia a été achetée par un rat borgne…
Il s'écria :
– **Oui ! Oui ! Oui !**
Je hurlai :
– Eh bien, qu'il se la garde, sa banque ! Il peut avoir honte ! En affaires, on doit tout de même conserver un comportement correct !
Je raccrochai et murmurai, d'un ton lugubre, les moustaches tombantes :
– *La situation est encore encore encore encore encore encore pire que ce que j'imaginais !*

TOUT ÇA EN UNE MATINÉE…

Je *m'effondrai* sur mon bureau. Tout s'était passé si vite, en une matinée…

Sourisette prit un morceau de fromage affiné et le **secoua** sous mon museau pour que je reprenne connaissance. Quand je revins à moi, les autres chuchotaient autour de moi :

– Ce mystérieux rat veut vraiment ruiner *l'Écho du rongeur*…

– Mais qui est-ce ?

Je compris que je devais absolument agir. Je criai, pour me faire entendre dans la confusion :

⏚ SILENCE !

éPOuzzeTTe BALAiCHiTToN

Puis je prononçai un discours solennel :
– Plus la situation est tragique, plus il faut savoir garder des nerfs d'acier. N'oublions pas que chaque problème a sa solution. La maison d'édition s'en sortira !

La femme de ménage, éPOuzzeTTe BALAiCHiTToN, me demanda :
– Monsieur Stilton, c'est un très beau discours ! Mais… maintenant, qu'est-ce qu'on fait ?

Je lissai mon pelage, pensif, puis je regardai dans les **YEUX** chacun de mes collaborateurs, je m'éclaircis la voix, ouvris la bouche pour parler… et éclatai en sanglots :

– Je n'en sais rieeeeeeeeeeeeeeeeeeeeeeeeeeeeeeeeeeeeeeeeeeeeeeeee

J'entendis les autres qui murmuraient :

– Le pauvre, il pique une crise de nerfs...

– Dire qu'il a tout **INVESTI** dans son entreprise…

– Tout tout tout…

– Et que va dire son grand-père, le terrible Honoré Tourneboulé, alias Panzer ?

– Ou plutôt que va-t-il lui *faire* ? Sans doute quelque chose de *TERRIBLE*…

– Incroyable, tout ça s'est passé en une matinée…

– C'est vraiment assourissant, scouit…

– Pauvre monsieur Stilton, c'est une souris ruinée, que va-t-il faire, maintenant ?

– Bof…

– Je n'aimerais pas être dans son pelage…

LARMES
DE SOURIS

La porte s'ouvrit et je sur^{sau}tai sur ma chaise.
Ma sœur Téa, envoyée spéciale de *l'Écho du rongeur*, entra dans le bureau. Elle tenait Benjamin, mon neveu préféré, par la patte.

– Geronimoooo !
s'écria Téa. Il faut absolument que tu fasses quelque chose ! Et vite !
Benjamin s'approcha de moi, me donna un bisou sur la pointe des moustaches et chicota, très inquiet :

– Oui, oncle Geronimo ! Il faut agir, et vite !
IMMÉDIATEMENT !

J'essorai mon mouchoir trempé de larmes et sanglotai :

– Qu'est-ce que je peux faire ? Quoi ???

Téa me rabroua :

– **Geronimo** ! Tu n'as pas honte ? Il faut
réagir ! Tu ne peux pas laisser la maison d'édition
sombrer comme ça !

J'essuyai mes moustaches ruisselantes de larmes.
Je me tournai vers la petite foule de mes collaborateurs et sanglotai :

– Mes amis… je vous appelle mes amis parce que,
en vingt ans, nous avons partagé les satisfactions et
les problèmes, les *JOIES* et les **PEINES** à
l'Écho du rongeur. Nous avons travaillé ensemble et
c'est pour cela que nous nous sentons unis. Plus que
jamais, aujourd'hui, j'ai besoin de vous. Puis-je…
puis-je compter sur votre aide ?

Il y eut un instant de silence, puis tous s'écrièrent
comme une seule souris :

– *Ouiiiiiiiiiiiiiiiiiiiiiii* !

Je compris que l'heure était grave.

Il fallait que nous fassions quelque chose… oui, mais quoi ?

Mon **ŒIL** tomba sur un exemplaire de *l'Écho du rongeur* de la veille. Le journal était ouvert à la page des annonces. Du coin de l'**ŒIL**, je remarquai une annonce qui disait :

**ATTENTION LES MOUSTACHES…
SOURIGON ARRIVE !!!**

**LES PROBLÈMES DE DISTRIBUTION
SONT VOTRE PRÉOCCUPATION ?**

**AVEC LE SECTEUR COMMERCIAL
VOUS AVEZ BEAUCOUP DE MAL ?**

**TRÊVE DE LAMENTATIONS,
VOICI SOURIGON !**

**LA SOLUTION, IL TROUVERA…
S'IL N'Y EN A PAS, IL L'INVENTERA !**

**SOURIGON : UNE SOURIS,
UNE GARANTIE**

C'est alors que j'eus une idée. J'attrapai le journal.
Je le brandis, comme un drapeau. Je criai :
– Si les kiosques et les librairies ne veulent plus
de nous… nous inventerons un nouveau mode de
distribution ! Nous allons engager ce Sourigon…
Par mille mimolettes, on s'en sortira ! On s'en
sortira !! On s'en sortira !!! Scouittiriscouit !
Tous s'écrièrent :
– Pour Geronimo Stilton… hourra ! Pour *l'Écho
du rongeur…* hourra !!!

Pour l'Écho du rongeur… hourra !!!

À LA FIN
DES FINS…

J'appelai le numéro de portable donné dans l'annonce. Cinq minutes plus tard, j'entendis un cri :
– Attention les moustaches, Sourigon arrive !

S comme *SOURIEZ VOILÀ LA SOURIS !!!*

O comme *O.K. PATRON !!!*

U comme *UN RONGEUR QUI S'OCCUPE DE TOUT !!!*

R comme *RIEN NE ME RÉSISTE !!!*

I comme *IL N'Y EN A PAS DEUX COMME MOI !!!*

G comme *GARE AUX MOUSTACHES !!!*

O comme *ON COMMENCE TOUT DE SUITE !!!*

N comme *NOUS ALLONS FAIRE DE GRANDES CHOSES ENSEMBLE !!!*

– *Attention les moustaches, Sourigon arrive !*

La porte s'ouvrit et me cogna le museau, en me cabossant les moustaches.

Collé sur la porte comme un timbre sur une enveloppe, je glissai lentement jusqu'à terre, en gémissant :

– Scouittt…

Sourisette agita sous mon museau des sels parfumés au gruyère, pour me ranimer.

Quand je revins à moi, j'écarquillai les yeux en dévisageant le gars, *ou plutôt le rat*, qui venait d'entrer. Devant moi se tenait un rongeur très GRAND, portant un veston gris et une cravate, avec le pelage rasé à zéro et le crâne brillant comme une boule de billard. Il portait des lunettes d'intello derrière lesquelles il clignait de l'œil d'un air rusé. Je remarquai qu'il avait un portable JAUNE vissé à l'oreille droite, un portable ROUGE glissé dans la poche de sa veste et un BLEU dans la poche de poitrine ; un autre, VERT, dépassait de la poche arrière de son pantalon et il en avait un dernier, ROSE, accroché autour du cou.

J'**OUVRIS** la bouche et murmurai, perplexe :
– Excusez-moi, mais qui êtes…
Le gars se mit aussitôt à parler avec un débit de
mitrailleuse :
– *Bonjourtoutlemondejesuis Sourigon*… Pas de
panique, Stilton ! Vous avez trouvé la souris qu'il
vous fauuuuut !
Je fis un pas en arrière :
– Euh, j'ai compris, pas besoin de hurler… Je n'ai
pas un bouchon de fromage dans les oreilles !

C'est alors qu'il se remit à crier, de plus en plus fort :

– *À la fin des fins,* quelle est la taille de cette entreprise ?

J'essayai de répondre :

– Eh bien, l'entreprise...

Il reprit :

– *À la fin des fins,* quel est le problème ?

Je balbutiai :

– En fait, le problème...

Il me coupa :

– Mais surtout, *à la fin des fins,* qu'est-ce que je toucherai comme salaire ?

Stupéfait, j'essayai d'en placer une :

– Je crois que...

Mais il ne me laissa pas finir :

– Aujourd'hui, je me sens très généreux, *à la fin des fins,* donnez-moi le double de ce que vous aviez l'intention de m'offrir et je commence tout de suite où se trouve mon bureau ah par ici j'en étais sûr je vais voir et je reviens !

Puis il me saisit la patte, la serra vigoureusement, de l'autre patte il attrapa à toute vitesse un morceau de gruyère qui se trouvait sur mon bureau et se le fourra dans la bouche, l'air ravi :

– *Qu'ilestboncefromage !*

Puis, d'un autre bond, il s'élança dans le couloir en hurlant :

– Attention les moustaches, Sourigon arriiiiive ! Tous au rapport ! **ON SE BOUGE !** Demi-portions de souris, sous-produits de rats d'égout, souris de laboratoire ! *Allez, on va doper les ventes !*

Je dus grignoter un morceau de fromage pour reprendre mes esprits. Sourisette murmura, rêveuse :

– Il a le commerce dans le sang ! Monsieur Stilton, vous avez eu de la chance de tomber sur cette souris...

Je murmurai, abasourdi :

– Si c'est vous qui le dites...

Sourisette Von Draken

ON VA DOPER
LES VENTES !

Trente secondes plus tard, la porte de mon bureau s'ouvrit de nouveau.

Je sursautai...

Et j'écarquillai les **YEUX** : Sourigon était déjà de retour ! Il bondit sur le bureau (le mien) et, de là, entreprit de haranguer les employés (les miens), un micro à la patte :

– Notre but, c'est la vente ! Le concept est bien clair ? Ven-dre ! V-e-n-d-r-e !!!

VEEEEEEEEEEEEEEEEEEEEENDRE !

Il marqua une pause pour reprendre son souffle et se remit à crier :

On va s'installer devant les supermarchés...

OBJECTIF NUMÉRO UN : **les supermarchés et les centres commerciaux !**

On va s'installer devant toutes les entrées pour vendre des livres et des journaux aux rongeurs qui vont faire leurs courses !!!

Aux carrefours...

OBJECTIF NUMÉRO DEUX : **la rue !**

On va s'installer aux carrefours pour vendre les journaux aux automobilistes arrêtés au feu rouge !!!

OBJECTIF NUMÉRO TROIS : **les gares et le métro !** Nous serons présents **24** heures sur **24** dans les gares de chemin de fer et dans les stations de métro pour vendre nos livres et nos journaux aux voyageurs !!!

Dans les gares de chemin de fer et dans les stations de métro...

OBJECTIF NUMÉRO QUATRE : **le porte-à-porte !**
Nous allons frapper à la porte de toutes les maisons de la ville pour vendre nos journaux TOUT FRAIS imprimés du matin !

Nous frapperons à toutes les portes...

Sur les plages...

OBJECTIF NUMÉRO CINQ : **les plages** !

Nous allons faire la tournée des plages pour proposer nos livres et nos journaux aux touristes vautrés au soleil pour faire bronzer leur pelage !!!

Devant les cinémas !

OBJECTIF NUMÉRO SIX : **les cinémas** !

Nous les vendrons aussi aux rongeurs qui entrent dans les cinémas ou en sortent, à toute heure du jour et de la nuit !!!

Les **YEUX** brillant d'enthousiasme, Sourigon s'exclama :
– Alors, vous êtes prêts ? *On va doper les ventes !*
Il y eut un instant de silence et tous les rongeurs se regardèrent, ébahis. Puis ce ne fut qu'un seul cri :
– *Pour Sourigon...* **HOURRA !!!**
Ravi, il brandit son micro et couina :
– Qu'on me serve cuisiné au dîner d'un minet si... *à la fin des fins*, on n'en sort pas vainqueurs ! Parole de Sourigon !!!
Puis il hurla, d'un air tragique :
– *C'est plus fort que le roquefort...* J'ai perdu mon téléphone préféré ! Je vais le chercher !
Il sortit de la pièce au **PAS DE COURSE**.
J'allais dire deux mots à mes collaborateurs. Mais, soudain, j'entendis un cri :
– Attention les moustaches, Sourigon arrive !
La porte se re-ouvrit et me re-cogna le museau, en me re-cabossant les moustaches.

Je poussai un faible gémissement :

– Scouittt…

Sourigon entra en ricanant et en me faisant un clin d'**œil**.

– Pas de panique, Stilton ! J'ai retrouvé mon **portable** ! Je l'avais oublié aux toilettes !

Sourisette me ranima de nouveau, en agitant un morceau de fromage sous mon museau.

Je m'aperçus que mes collaborateurs parlaient à voix basse. L'un d'entre eux, **Chantilly Kashmir**, demanda **timidement**

son micro à Sourigon et chicota :

– Euh, moi aussi, j'ai une annonce à faire.

Sourigon lui tendit aimablement le micro pour qu'elle fasse son discours…

Chantilly s'éclaircit la voix, puis annonça :

– Euh, les collaborateurs de *l'Écho du rongeur* ont décidé de renoncer à leurs vacances pour sauver le journal !

J'étais si ému que je m'essuyai les larmes en cachette.

Chantilly Kashmir

Sourigon lui tendit aimablement le micro pour qu'elle fasse son discours…

Chantilly poursuivit :

– Et pour soutenir le journal dans cette passe difficile, nous travaillerons gratuitement !

Sourigon me donna une tape sur l'épaule et chicota :

– On va gagner, Stilton. On est tous prêts pour le nouveau mode de distribution. *À la fin des fins*, on y arrivera, j'en mets mon pelage à raser !

PAROLE DE SOURIGON !

RENDEZ-VOUS
À ONZE HEURES...

Sourigon continua :
– Il faut de nouveaux bureaux pour *l'Écho du rongeur* ! Qui a une idée ?
Silence. Puis la voix de Sourisette s'éleva :
– Monsieur Stilton, mon cousin est boulanger, il s'appelle Farinon Farineux.
Il a un immense sous-sol en banlieue, au 85 du cours Bouillon. La maison d'édition pourrait s'installer provisoirement chez lui...

Farinon Farineux

Sourigon, satisfait, annonça dans le micro :
– O.K., alors on se donne rendez-vous ce soir à onze heures au 85 du cours Bouillon. Pour l'instant, chacun va prendre un paquet de livres et de journaux, et zou ! tout le monde dehors ! *On va doper les ventes !*
Chacun sortit avec son paquet.
Pendant ce temps, Téa s'assit devant l'ordinateur et commença à surfer sur **Internet**.
Je compris, à son expression, qu'elle avait une idée derrière la tête… J'allais lui demander de quoi il s'agissait, quand Sourigon m'accrocha aux

épaules un sac à dos rempli de journaux, me fourra un **PAQUET** bourré de livres dans les pattes et chicota avec brusquerie :

– Allez, Stilton, on se bouge ! Tout doit être vendu avant ce soir, jusqu'au dernier exemplaire ! *On va doper les ventes !*

Puis il me poussa vers la porte.

– On se voit ce soir à onze heures ! Scouittiriscouittt !

Je sortis en soupirant.

Ce fut une journée très dure.

Je pris place au croisement de la rue Minet et de la rue Parmesan, juste à côté du feu tricolore.

Quand les automobilistes s'arrêtaient au rouge, je criais :

– Journaaaux ! Les dernières nouvelles **FRAÎCHES** du maaatin ! Liiivres ! Liiiiiiiiiiiiivres ! criais-je encore. Cultivez-vous, lisez des livres de qualité, lisez des livres Stilton !!!

Par mille mimolettes, je vous assure que c'était dur, très dur. Tous les automobilistes avaient fermé leurs vitres à cause de la clim, et rares étaient ceux qui sortaient la patte pour m'acheter quelque chose.

La plupart faisaient comme s'ils ne me voyaient pas, d'autres me regardaient avec mépris.

On était fin juillet et il régnait une chaleur féline. J'avais le crâne **RÔTI** par le soleil, et j'étais de plus en plus découragé en songeant à l'avenir de ma maison d'édition…

À un moment donné, la *luxueuse* voiture du comte Radolphe de Graindorge, l'une des souris les plus chics, de la ville, s'arrêta à ma hauteur. J'entendis la comtesse de Graindorge chuchoter, intriguée :

– Mais n'est-ce pas Stilton, *Geronimo Stilton* ?

Scouit !

J'entendis une autre voix féminine qui lui répondait, cancanière :

– Mais oui, c'est bien lui ! J'ai entendu dire qu'il était complètement ruiné ! Et tout s'est passé en une matinée ! Ce matin *même* ! Incroyable !

Le chauffeur baissa sa vitre. Il me regarda de **HAUT** en **BAS**, avec morgue :

– Donnez-moi un exemplaire de ce journal... et gardez la monnaie !

J'étais tellement embarrassé que j'en **rougis**.

Mais je me dis ensuite que je ne faisais rien dont j'aie à rougir : j'étais simplement en train de sauver ma maison d'édition, *par mille mimolettes* !

Aussi, je relevai la tête, redressai ma queue et pensai : « Encore un exemplaire de vendu ! »

Je pris mon courage à deux pattes et recommençai à crier :

– Journaux ! Journauuux ! Dernières nouvelles fraîches du maaaaaaaaaaaaaaaaaaaatin !

LA VIE EST
TOUJOURS BELLE...

Le soir, j'avais les oreilles **GRILLÉES** par le
soleil, les pattes couvertes d'ampoules à force
d'avoir couru partout, et le moral à zéro. Je
n'avais plus de voix... et j'avais une faim de
chat.
Je me traînai lamentablement jusqu'au sous-sol
de banlieue où devait se tenir la réunion. Je vis
l'enseigne de la boulangerie :

Farinon Farineux
D'aussi bonnes fougasses
y'a que moi qui en fasse

Je me retrouvai dans une cave où flottait un bon parfum de pain à peine sorti du four.

Farinon vint m'accueillir. C'était un petit rongeur aux yeux *pétillant de gaieté*, qui me serra cordialement la patte.

– Salut, chef ! J'ai entendu dire que les affaires ne *tournaient* pas vraiment rond, hein ?

Je me présentai :

– Bonsoir, mon nom est Stilton, *Geronimo Stilton* ! Je vous suis infiniment reconnaissant de votre aide. Ma maison d'édition traverse une mauvaise passe, mais je suis sûr que nous allons surmonter tout cela…

Il me donna une tape sur l'épaule, imprimant une trace de FARINE sur ma manche.

– Évidemment que vous allez vous en sortir, chef ! Dans la vie, il arrive qu'on traverse des moments difficiles, il suffit de tenir bon et de ne pas se décourager. Ne jamais se décourager, c'est ce que je répète toujours ! Et, surtout, ne jamais perdre sa bonne humeur ! Quoi qu'il nous arrive,

Un bon parfum de pain à peine sorti du four flottait dans l'air…

il suffit d'en rire ! De toute façon, chef, vous pouvez rester ici tant que vous voudrez. Au fait, je ne suis pas riche, mais... si vous avez besoin d'un petit prêt...

Je secouai la tête, ému.

Farinon me regarda plus attentivement et murmura, inquiet :

– Mais, chef, vous savez que vous êtes très pâle ? Vous avez mangé un morceau ?

Il prit une fougasse au fromage qui sortait du four et me la fourra dans les pattes.

– Allez, mangez quelque chose, la vie vous paraîtra plus belle après, mes fougasses ressusciteraient les souris mortes...

– Merci, je suis très touché...

– Pas la peine de me remercier. Moi, je dis toujours que quand on peut aider les autres, c'est toujours ça de fait... Allez, chef, mangez pendant que c'est CHAUD !

Je me léchai les moustaches. La fougasse était délicieuse...

JE TIENS
À MA QUEUE, MOI !

Chacun grignotant une fougasse,
nous nous réunîmes dans un
coin de la cave où étaient
entassés

des sacs de farine.
Sourigon, juché sur
un sac, calculait
d'un air gourmand
la recette de la
journée.
– Scouit ! Scouitt !!
Scouittt !!! cria-t-il,
triomphant.

Puis il sourit dans ses moustaches.

– Pour soutenir la maison d'édition, il faut aussi des capitaux frais, il en faut beaucoup et vite ! Mais ne vous inquiétez pas, Stilton, j'ai eu **UNE IDÉE**...

Il me donna une tape sur l'épaule et me hurla dans les oreilles :

– Et maintenant, à vous de jouer, Stilton !

J'étais surpris :

– À moi de jouer à quoi ?

Il me fit un clin d'œil.

– Stilton, vous connaissez le jeu télévisé **«TAPETTE À SOURIS»** ? Oui, ce **QUIZ DE L'HORREUR** spon-sorisé par les pansements RATOX, qui se déroule à minuit... Le concur-rent est assis sur une tapette à souris... Quand il donne une mauvaise réponse, le

piège lui pince la queue… et, parfois, il la lui tranche net ! En direct !!!

Je hurlai :

– Il n'est pas question que j'y participe ! Je tiens à ma queue, moi !

Il secoua la tête.

– *Non non non,* on ne s'en sortira pas comme ça, Stilton… Vous m'avez demandé de sauver votre maison d'édition et j'ai entrepris de la sauver… Mais quand je vous demande un petit effort de rien du tout, il faut que vous collaboriez, hein !

Je **tapai** de la patte par terre.

– Mais ce n'est pas un petit effort de rien du tout, c'est un quiz très dangereux !

Il prit un petit air rusé.

– C'est bien pour ça que le gagnant repart avec un million dans la poche !

Mais pourquoi faut-il que ce soit moi qui aille à ce jeu ?

– Mais pourquoi faut-il que ce soit moi qui aille à ce jeu ? demandai-je, les moustaches vibrant d'exaspération.

Ma secrétaire, Sourisette, prit la parole au nom de tous mes collaborateurs :

– Monsieur Stilton, vous êtes une souris intellectuelle, avec une culture impressionnante. S'il y a quelqu'un qui peut remporter le prix « *TAPETTE À SOURIS* », c'est bien vous, et personne d'autre que vous…

JE SOUPIRAI…

– *La situation est encore encore encore encore encore encore pire que ce que j'imaginais…*

Puis je murmurai :

– Je crois que je n'ai pas le choix : j'accepte ! Je fais ça pour l'honneur de *l'Écho du rongeur* ! Sourigon poussa un cri qui me fit **sursauter**.

– Bravo, Stilton ! Je parie ma queue que vous allez gagner un gros **MILLION** !!! À propos, Stilton, vous êtes déjà inscrit pour ce soir ! Vous êtes prêt, Stilton ??? Hein ? Vous vous sentez prêt, Stilton ? Stiltoooooon !

« TAPETTE
À SOURIS »

J'avais bien des raisons d'être inquiet : pour commencer, il s'agissait d'un jeu dangereux, et je suis une souris *timide*... L'idée de devoir répondre à un quiz en direct devant des millions de télérongeurs me désorientait complètement !

Farinon me força à manger une autre fougasse pour me remonter le **moral** et il en glissa une autre, toute *CHAUDE*, dans la poche de ma veste.

– On ne sait jamais, si vous avez un petit creux...

Sourigon m'accompagna jusqu'aux studios de *RAT TV*, où devait se dérouler le **QUIZ DE L'HORREUR**, en direct. À mon avis, il avait peur que je recule au dernier moment... En effet, la tentation de renoncer était forte !

Il faisait nuit !

Nous arrivâmes à l'entrée de *RAT TV*, où le concierge nous considéra avec admiration.

– Lequel d'entre vous est le concurrent ? demanda-t-il.

– Euh, c'est moi ! Scouit ! répondis-je.

Il me serra la patte.

– Félicitations, vous devez être une souris très courageuse pour participer à un **QUIZ DE L'HORREUR** aussi dangereux que « Tapette à souris »...

Enfin, nous pénétrâmes dans le studio.

Le présentateur de l'émission, Torturin Tarabuste, s'approcha de nous.

C'était un gars, *ou plutôt un rat*, très très pâle, aux dents pointues. Il était vêtu d'une chemise

de soie blanche et d'un costume noir , et il portait une longue cape de satin écarlate sur les épaules…

Torturin cria d'une voix profonde et inquiétante :

– Alors c'est vous, le concurrent ? C'est vous que je vais tarabuster, ce soir ?

…il ressemblait vraiment à un vampire !

Torturin Tarabuste

Je *BLÊMIS* et voulus me faufiler jusqu'à l'entrée. Mais Sourigon s'en aperçut et me rattrapa en me murmurant à l'oreille :

– Stilton, vous n'allez tout de même pas vous **défiler** maintenant, hein ! Pensez à votre entreprise ! *Allez, on va gagner !*

Je bredouillai :

– Peut-être, mais c'est ma queue !

Il chicota à voix basse :

– Allez allez allez, Stilton, à quoi tenez-vous le plus, à votre queue ou à *l'Écho du rongeur* ?

Je répondis :

– Voilà une bonne question. Est-ce que je pourrais prendre le temps d'y **réfléchir** calmement, et on en reparle après ?

Torturin m'attrapa par la queue, en sifflant :

– Vous savez que vous n'avez pas le droit de reculer, hein ! Nous avons verrouillé toutes les portes du studio, Stilton, et la tapette est déjà prête !

Puis il hurla :

– Ça commence dans vingt secondes. *Mes condoléances*, Stilton !

Puis il grimaça en faisant un horrible ricanement :

– Hi ! hi ! hiiiiiii…

Je frissonnai.

NE DONNEZ PAS VOTRE LANGUE AU CHAT, STILTON !

Soudain, les lumières du studio s'éteignirent.
Une grande pendule commença à égrener les heures :

un, deux, trois, quatre, cinq, six, sept, huit, neuf, dix, onze, douze coups... minuit !

Les lumières se rallumèrent d'un coup, tandis que je clignais des paupières, désorienté.

Deux robustes rats d'égout m'empoignèrent en criant :

– Ton heure a sonné, Stilton !

Puis, en me tenant fermement par les pattes, ils me traînèrent jusqu'à une énorme tapette à souris.

Sourigon eut juste le temps de couiner :

– Et ne donnez pas votre langue au chat, Stilton !

Je répondis, d'une voix tremblante, en rassemblant toutes les forces qui me restaient :

– J'espère surtout ne pas lui donner ma queue !

Les rats d'égout me glissèrent la queue sous un ressort. *J'étais pris au piège...* dans tous les sens du terme !!!

Torturin Tarabuste eut un éclat de rire hystérique :

– Je vous présente le concurrent de la nuit... monsieur Geronimo Stilton, de Sourisia !

C. I. METIÈRE   S. PECTRE   F. ANTÔME   C. REVÉ

C. ROQUEMORT   C. RYPTE   T. OMBE   F. RANKENSTEIN   V. AMPIRE

ATTENTION
À VOTRE QUEUE, STILTON !

J'observai les jurés.
Quels drôles de noms... et quelles **TÊTES**
SINISTRES !
Torturin poursuivit :

C. ERCUEIL

M. ORTUAIRE

C. ADAVRE

C. ORBILLARD

C. HAUVESOURIS

F. UNÉRAIRE   D. RACULA   E. C. TOPLASME   P . OLTERGEIST   L. UGUBRE

– Alors dites-nous, cher monsieur Stilton, que faites-vous dans la vie ? On veut tout savoir de vous, absolument tout !!!

Je m'éclaircis la voix :

– Euh, eh bien, je suis un rongeur éditeur, je dirige le quotidien le plus diffusé de l'île des Souris, *l'Écho du rongeur...*

Il m'interrompit en ricanant, sadique :

– Je crois savoir que, depuis quelque temps, les affaires ne marchent plus aussi bien, cher Stilton... et c'est peut-être pour cela que vous avez décidé de participer à notre petit jeu ? C'est peut-être parce que... vous avez besoin d'agent ? Peut-être parce que... vous êtes désespéré ???

Hi ! hi ! hiiiii !

Puis il partit d'un rire **MÉCHANT**.

Je **ROUGIS**, humilié, et je regardai du côté de Sourigon, qui leva les deux pouces, articulant en silence le mot ***million*** pour me rappeler que je devais absolument remporter le prix !

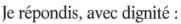

Je répondis, avec dignité :

– Les raisons qui me font participer à ce jeu sont **strictement** personnelles... Si vous le voulez bien, monsieur Torturin, je préférerais les garder pour moi.

Déçu, il chicota :

– Ah, ouais, bien sûr... Passons aux questions. Vous savez que, *à la première mauvaise réponse*, le ressort du piège se déclenche et vous pince la queue... ou vous la tranche d'un coup net !

Un **frisson** me hérissa le pelage.

Le public ricana.

Un grand et gros rat, au pelage noir comme du charbon et aux biceps très très très **MUSCLÉS**, commença à frapper un gong :

69

Toum-tou-toum-tou-toum, toum-tou-toum-tou-toum, tou-toummm…

La tension monta d'un cran.

Tout le monde retenait son souffle.

Je jetai un coup d'œil vers la cabine de régie : je vis que le réalisateur se frottait les pattes, satisfait.

Évidemment, le taux d'audience était en train de grimper !

Torturin hurla :

– Voici la première question. Attention à votre queue, Stilton ! Hi ! hi ! hiiiiiiii !

La tension monta d'un cran…

Vous êtes sûr d'être prêt, Stilton ?

Torturin chicota :

– Première question... Êtes-vous **prêt**, monsieur Stilton ?

Je me concentrai et répondis :

– Oui, je suis **prêt**.

Il insista :

Vous êtes sûr d'être **prêt**, Stilton ?

Moi :

– Oui, merci, je suis **prêt**.

Lui :

– **Prêt prêt prêt ?**

Moi :

– Oui, **tout à fait prêt**.

Lui :

– Vous êtes sûr d'être bien concentré ?

Moi :

– Oui, merci !

Lui :

– Vous êtes certain d'être vraiment bien concentré ?

Moi :

– Ouiiiiiiiii !

Lui :

– Je peux donc vous poser la première question ?

Moi :

– Oui, allez-y.

Lui :

– Pourtant, vous ne m'avez pas l'air parfaitement concentré...

Moi :

– Si, je suis très très concentré, je vous assure. Lui :

– Mais c'est que vous êtes pâle, très pâle...

Moi :

– Scouit ! Posez votre question, je vous en prie !

Lui :

– Je vois que des gouttes de sueur perlent sur vos moustaches... Vous avez l'air troublé... et même très troublé...

Moi, exaspéré :

– Scouittiriscouit ! Commencez, je vous en prie ! Je n'en peux plus !!!

Ravi de m'avoir **stressé** comme il faut, Torturin eut un ricanement **SINISTRE** et chicota, satisfait :

– Bien, *maintenant*, je peux commencer.

Il commença à lire avec un sourire sadique :

– C'est une petite question *facile facile facile*, monsieur Stilton... *facile*, mais seulement quand on connaît la réponse, hi ! hi ! hiiiii !

Le jury eut un rire méchant.

J'épongeai mes moustaches qui étaient en sueur et essayai de me relaxer.

Torturin prononça d'un ton solennel :

– Première question ! Sauriez-vous nous dire... quel est, à l'origine, le sens... du mot... *Halloween* ???

Le rat **noir** commença à décompter le temps sur son gong : *Toum-tou-toum-tou-toum, toum-tou-toum-tou-toum, tou-toummm...*

Je dis :

– Eh bien, donc, euh, oui, évidemment. Halloween vient d'un vieux mot celte. En effet, ce sont les Celtes, dans le nord de l'Europe, qui ont commencé à célébrer la fête de Halloween. Ils allumaient des feux, autour desquels ils dansaient en portant des masques, et – ajoutai-je d'un ton ferme – le mot *Halloween* vient de *All Hallows' Eve,* c'est-à-dire... « la veille de tous les saints » !

Torturin me regarda fixement et murmura :

– C'est votre réponse ? Vous êtes sûr de vous ?

Je confirmai :

– Oui, je suis sûr !

Il susurra, avec une fausse sollicitude :

– Si vous le souhaitez, vous pouvez encore changer de réponse ! C'est votre dernier mot ?

Je hochai la tête.

– Je confirme ce que je vous ai dit ! C'est mon dernier mot !

Il sembla déçu, secoua la tête et annonça, à contrecœur :

– La réponse est... **exacte** !

Un murmure lugubre parcourut le jury :

... MÛM

– BOUUUUUUUUUH !!!

Je compris qu'ils étaient déçus : ils espéraient voir couler le sang !

Torturin chicota encore :

– Deuxième question ! Comment s'appelait… la substance… avec laquelle les ANCIENS ÉGYPTIENS… embaumaient les cadavres… et dont dérive le mot… *momie* ?

Je **réfléchis** longuement, puis me souvins de l'aventure que j'ai racontée dans mon livre *le Mystère de la pyramide de fromage,* tandis que le gong résonnait dans le studio :

Toum-tou-toum-tou-toum,

toum-tou-toum-tou-toum,

toutoummm…

– Donc… ça s'appelait… ça s'appelait exactement le *mûm* ! C'était un mélange poisseux de bitume, de myrrhe et d'autres substances pour conserver les cadavres !

… 𝕬𝖉𝖔𝖚𝖇𝖊𝖒𝖊𝖓𝖙

Torturin vérifia la réponse et, déçu, annonça :

– **Exaaacte**…

Le jury gronda de nouveau :

— BOUUUUUUUUH !!!

— BOUUUUUUUUH !!!

Je vis que Sourigon souriait, satisfait.

Torturin hurla :

– Troisième question ! Comment s'appelait la cérémonie par laquelle, au MOYEN ÂGE, un jeune était nommé chevalier et prononçait un serment solennel ? *Comment s'appelait cette cérémonie ?*

Je répondis, triomphant :

– Ça s'appelait l'*adoubement,* j'en suis sûr !

Torturin était déçu :

– Encore exact...

Le jury marmonna :

— BOUUUUUUUUH !!!

J'entendis murmurer :

– Les questions sont trop faciles !

– Non, ils prennent des concurrents trop forts !

– En tout cas, ils avaient promis qu'il y aurait du sang, et pour l'instant, il ne s'est même pas fait pincer la queue !

– À mon avis, ils sont de mèche !

– Ce Stilton a vraiment un air fourbe !

La télévision me filma tandis que je souriais sous mes moustaches, satisfait.

Torturin poursuivit :

Dracula

– Quatrième question ! Quel est *le nom de l'écrivain irlandais...* qui, en 1897, publia le célèbre roman *Dracula* ?

Je répondis, triomphant :

– *Bram Stoker* !

Torturin paraissait vraiment contrarié.

Il grommela :

– Exact !!!

Le jury gronda de nouveau :

– BOUUUUUUUUH !!!

Torturin s'éclaircit la voix et posa la dernière question, qui permettait de remporter le prix d'un million, que personne n'avait encore décroché :

– **1**. *Comment s'appelait l'auteur du roman* Frankenstein *?*

2. *Quelles sont ses dates de naissance et de mort ?*

3. *Quand ce roman a-t-il été écrit et pourquoi ?*

4. *Dans le roman, comment s'appelle le savant fou qui crée le monstre ?*

5. *Où se déroule l'action ?*

Vous avez une minute pour répondre !

FRANKENSTEIN

Je me concentrai, malgré le grondement du gong qui résonnait dans mes oreilles.

C'était une question très dure !

Toum-tou-toum-tou-toum, toum-tou-toum-tou-toum, tou-toummm...

Je fus pris par la panique, j'avais peur de me tromper ! Du coin de l'œil, je vis que Sourigon me regardait, désespéré.

Je me **CONCENTRAI** à m'en évanouir.

Le public retenait sa respiration tant il était excité.

J'entendis grincer le ressort du piège, prêt à se déclencher...

Enfin, je hurlai la réponse, ce qui fit sursauter Torturin :

– **1**. *L'auteur du roman* Frankenstein *s'appelait Mary Shelley !*

2. *Elle est née en 1797 et morte en 1851 !*

3. *Mary Shelley a commencé à écrire son roman en 1816. Au cours d'une soirée entre amis, chacun y allait de son histoire de fantômes ; c'est ainsi qu'elle eut l'idée d'un monstre créé par un savant fou !*

4. *Le nom du savant fou est Victor Frankenstein !*
5. *L'action se déroule à Ingolstadt, en Bavière !*
Un silence profond tomba sur le studio. Le rat noir cessa de frapper son gong et, comme tous les autres, attendit en retenant son souffle.
Torturin lança un regard DÉSESPÉRÉ vers la cabine de régie, puis, les moustaches vibrantes, annonça :
– Euh, la réponse à la question est… est… est… euh, est… exacte !!!
Alors ce fut le DÉLIRE.
Sourigon se jeta sur moi et m'embrassa en criant, fou de joie :

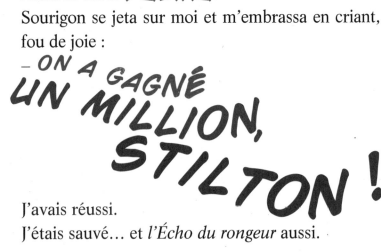

– ON A GAGNÉ UN MILLION, STILTON !

J'avais réussi.
J'étais sauvé… et *l'Écho du rongeur* aussi.

Sourigon m'embrassa,
fou de joie…

LE MYSTÉRIEUX
RAT EST...

Avant de sortir du studio, je passai à la caisse de
« Tapette à souris » où, la mort dans l'âme, Torturin me remit une montagne de **PIÈCES D'OR**, avec
une brouette pour les emporter.

– Un beau million, *à la fin des fins...* répétait
Sourigon, rayonnant.

Nous retournâmes, escortés par un fourgon blindé, au 85 du cours Bouillon.

L'aube pointait, mais une foule de journalistes m'attendait là.

– Monsieur Stilton, êtes-vous heureux d'avoir sauvé votre queue ?

– Alors, est-ce que ça a été très stressant ?

– Monsieur Stilton, êtes-vous prêt à recommencer ?

Je m'écriai, d'une voix très forte :

– NOOON ! IL N'EN EST PAS QUESTION !

Puis je claquai la porte et les laissai tous à l'extérieur.

Oufff ! Je n'en pouvais plus !

Farinon m'accueillit avec une énorme fougasse au triple fromage, sur laquelle il avait écrit à la pâte d'anchois :

Je grignotai, ému.

– Merci, Farinon. C'est dans les moments difficiles qu'on reconnaît ses vrais amis...

Téa arriva en brandissant un papier, tout excitée.

– J'ai découvert qui est le mystérieux rat ! C'est...

Je hurlai :

– QUI EST-CE ?

Sourigon hurla :

– Qui est-ce ? Je veux savoir, moi aussi !

Tous mes collaborateurs hurlèrent en chœur :

– QUI EST-CE ? Nous voulons savoir, nous aussi !

Elle ricana sous ses moustaches et murmura :

– Le mystérieux rat borgne s'appelle CHASDO TOILETTONE, et il y a trois jours encore, il s'occupait... d'appareils sanitaires !

Sourigon s'exclama :

– Je l'aurais parié !

Téa poursuivit :

– Monsieur Chasdo Toilettone a fondé, il y a trente ans, une entreprise qui fabrique des cuvettes de W.-C. C'est un rongeur riche, très riche... Il a inventé les cabinets à abattant chauffant.

– C'est vrai ! Les toilettes TOILETTONE sont célèbres ! J'ai vu la publicité... criai-je.

Les nouvelles toilettes *Grand luxe**
pour les souris qui s'y connaissent !

bouton pour régler la hauteur du siège

chasse d'eau à cellule photoélectrique

papier toilette décuple épaisseur, soyeux ultradoux, personnalisé aux initiales du propriétaire

couvercle avec renfort antipuanteur

pince tourne-page automatique pour ceux qui aiment lire

boutons pour actionner :
a) ordinateur pour surfer sur Internet
b) réglage de l'éclairage
c) volet roulant électrique

bouton de volume de la chaîne hi-fi

balai de toilettes autonettoyant hydrofuge antipuanteur

abattant en fourrure de chat synthétique autochauffant

réservoir d'essence de roses pour désodoriser les toilettes

chaîne stéréo cachée avec haut-parleur incorporé qui s'allume dès qu'on soulève le couvercle

Grand luxe

TØILETTØNE

* c'est un produit breveté de CHASIDO TØILETTØNE

Je pris le téléphone pour l'appeler. Mais jc changeai d'avis.

– Je veux aller moi-même lui dire museau à museau ce que je pense de lui !

Pendant que Sourigon comptait et recomptait les pièces d'or, en les pesant une à une avec une petite balance (l'une de ses devises, c'est : *avoir confiance, c'est bien, mais ne pas avoir confiance, c'est mieux*), j'appelai un **TAXI** pour aller au 13, rue des Raviolis, siège de *l'Écho du rongeur*, et désormais siège des Éditions Cri.

J'avais les larmes aux yeux de nostalgie lorsque je descendis du taxi et pénétrai dans mon (ex-) bureau. Je le reconnais, je suis une souris sentimentale…

MONSIEUR CHASDO TOILETTONE

Je sonnai à la porte de la maison d'édition et annonçai fièrement :

– Ouvrez ! Mon nom est Stilton, *Geronimo Stilton !*

La porte s'ouvrit et je longeai le couloir, me dirigeant vers une pièce que je connaissais bien : mon (ex-) bureau !

J'entrai.

Avachi derrière le bureau, le museau plongé dans un manuscrit comme un rat d'égout qui grignote un morceau de fromage, se tenait un rat borgne. Il portait un **BANDEAU NOIR** qui lui donnait vaguement l'air d'un pirate... Il était petit et trapu, avec un pelage luisant de brillantine.

Il portait une veste croisée à RAYURES, dans le genre gangster, une chemise jaune fromage, et il s'était parfumé avec un ruineux après-rasage au roquefort affiné.

Sur les BOUTONS de nacre étaient gravées deux lettres : **W** et **C**.

À la patte droite, il portait une grosse bague en or avec un énorme diamant.

Au poignet, il avait une lourde montre en or incrustée de diamants.

Tout cela lui donnait un air plutôt m'as-tu-vu !!!

À la patte droite, il portait une grosse bague en or avec un énorme diamant.

Il me fixa d'un regard torve, en serrant les mâchoires, puis grogna :

– *Par mille balais fétides !* Qui es-tu et que veux-tu ?

Je répliquai fièrement :

– Avant toute chose, je me présente : mon nom est Stilton, *Geronimo Stilton* ! Je dirige *l'Écho du rongeur* ! Scouit !

Il rugit :

– *Par mille pédiluves !* Que viens-tu faire ici ? Ce n'est plus ton bureau ici ! Va-t'en !

J'éclatai de rire, goguenard.

– Je viens de gagner un million… Et j'ai l'intention de tout investir dans ma maison d'édition. Moi aussi, maintenant, je suis archi-riche ! Je vais t'en faire voir de **toutes les couleurs**, Chasdo. Jusqu'à présent, tu avais l'avantage d'avoir plus d'argent que moi… mais les choses ont changé !

Il resta silencieux et serra les mâchoires.

Il me fixa d'un air résolu, plissant son œil, avec un regard perforant.

Oui, c'était vraiment un dur.

Mais moi aussi, quand je veux, je sais faire le dur ! Je me lissai les moustaches et chicotai :

– Cette ville est trop petite pour nous deux, Chasdo !

Il se lissa lui aussi les moustaches. Je poursuivis :

– Je te le répète : maintenant que je suis devenu riche, et même archi-riche, nous allons combattre à armes égales !

CHASDO TOILETTONE

Il sembla *pâlir* (était-ce possible ?) et secoua la tête.

– **NON !**

– **NON QUOI ?** demandai-je.

Il secoua encore la tête.

– Je te dis que non. Nous ne combattrons jamais à armes égales…

– Pourquoi ? demandai-je, interloqué.

Il me fixa encore longuement de son unique œil, puis, soudain, appuya la tête sur le bureau et éclata en *sanglots* :

– Nous deux, nous ne combattrons jamais à armes égales… parce que toi, tu es génial, alors que moi, je suis incapable de faire tourner une maison d'édition ! *Bouuuuuuuh !*

Je restai comme un rongeur songeur.

UNE SIGNATURE
SUR PAPIER
HYGIÉNIQUE

Il continuait de **sangloter** :

– Je n'ai pas fait d'études... Je me suis fait tout seul... Je rêvais d'avoir une maison d'édition... Je croyais qu'il suffisait de payer... alors que non...

Je m'approchai et murmurai :

– Allez, ne réagis pas comme ça, après tout, un **journal**, tu en as un...

LE CRI DU RAT D'ÉGOUT !

Vif comme l'éclair, il ouvrit un tiroir et en sortit un papier couvert de chiffres.

– Allons donc ! Regarde ça ! Les kiosques renvoient tous les exemplaires de mon journal, les librairies retournent mes livres... Les lecteurs continuent de ne demander que *l'Écho du*

rongeur et les livres des Éditions Stilton !
Bouuuh !

Je jetai un coup d'œil aux livres que Chasdo avait
publiés.

Pas étonnant que ça ne plaise pas au public.

Les titres étaient horribles !

LES HORRIBLES LIVRES...

LE BRICOLAGE À LA MAISON

S'occuper en attendant le plombier

LE MYSTÈRE DU WATER DISPARU

roman policier

LE WATER CET INCONNU

Histoire des appareils sanitaires de l'Antiquité à nos jours

La philosophie du robinet

Divagations sur le sens de la vie par Chasdo Toilettone

MILLE ET UN ORIGAMIS AVEC DU PAPIER HYGIÉNIQUE

... DES ÉDITIONS CRI

Maintenant, Chasdo Toilettone me faisait presque pitié. Je le consolai :

– Tu sais, ce n'est pas ta faute si tu n'as pas réussi. On ne s'improvise pas éditeur. Moi, j'ai mis vingt ans à apprendre. Quand j'avais treize ans, mon grand-père me faisait déjà corriger des épreuves, et il m'emmenait à la Foire du livre…

L'autre continuait de pleurer, en se mouchant dans un grand mouchoir ROUGE à pois jaunes, et ses moustaches ruisselaient de larmes :

– Bouuh ! Snifff… Si tu dis cela, c'est uniquement pour me consoler… Je suis une souris ignorante… Un rongeur incapable… Un rat À LA NOIX…

Je m'assis à côté de lui.

– Allez, ne pleure pas. Ne te laisse pas abattre…

Il marmonna :

– C'est facile à dire, pour toi qui es célèbre. Tout le monde te connaît à Sourisia. Tes livres sont très beaux, je les ai tous lus, tu sais !

Puis il sortit du tiroir du bureau un de mes livres, *L'amour, c'est comme le fromage.*

– Tu me le dédicaces ? Scouit, c'est mon livre préféré !

*Mon grand-père m'emmenait
à la Foire du livre…*

Je réfléchis un instant, puis j'écrivis cette
dédicace :

À mon ami Chasdo Toilettone, en souhaitant

publier bientôt un livre de lui !

Il secoua la tête, découragé.

– Ce que je pourrais faire de mieux, c'est signer
une nouvelle marque de papier hygiénique…

DES LIVRES...
OU DES ROBINETS ?

Chasdo me proposa de réintégrer mon bureau.
J'appelai Sourisette, qui fut heureuse de la
nouvelle.

– On retourne au 13 de la rue des Raviolis ? C'est
merveilleux, monsieur Stilton ! Je vais l'annoncer
aux autres !

Quelques minutes plus tard, j'entendis un hur-
lement :

– Attention les moustaches, Sourigon
arrive !

Je voulus m'écarter, mais la
porte se re-re-ouvrit et me
re-re-cogna le museau, en
me re-re-cabossant les
moustaches. Je gémis :

– Scouittt...

Sourigon entra en courant, les pattes chargées de livres.

Tandis qu'il les rangeait sur les étagères, en sifflotant l'hymne national de l'île des Souris, Chasdo le regardait tristement.

– **Roman,** journaux, culture, ah… vous avez de la chance, vous avez un travail intéressant, vous… Moi, pendant vingt ans, j'ai fabriqué des lavabos et des cuvettes de W.-C., ce n'est pas tout à fait la même chose, tu sais…

Je secouai la tête.

– Mais tu as gagné plein d'argent !

Il hocha la tête.

– Il y a des choses qu'on ne peut pas acheter, Stilton. La culture, par exemple !

J'entendis des cris sous mes fenêtres.

J'en ouvris une et me penchai.

En bas de mon bureau, il y avait une foule de rongeurs qui hurlaient :

– STILTON !

NOUS VOULONS LE JOURNAL !

DONNE-NOUS LE JOURNAL, STILTON !

Je souris.

La foule continua, de plus en plus fort :

– Le journal, Stilton ! Nous voulons le journal !!!

Je fis un geste pour demander le silence et criai :

– Vous voulez le journal ? Eh bien, vous l'aurez !

À partir de demain, tout redevient comme avant, vous trouverez *l'Écho du rongeur* dans les kiosques et les livres des Éditions Stilton dans toutes les librairies de l'île !

Mille voix chicotèrent :

– Ouaiiiiiiiiiiiis ! Pour *l'Écho du rongeur* : hip, hip, hip… hourra !

Je me retournai et découvris Chasdo, qui se tenait tout triste dans un coin.

– Stilton ! Nous voulons le journal, Stilton !

Sourigon hurla :

– Stilton, j'ai eu une idée exceptionnelle, un coup de milliardaire ! *À la fin des fins*, pourquoi ne pas ouvrir une nouvelle maison d'édition qui publierait des livres d'art ? Stilton apporte son expérience d'éditeur, Chasdo apporte ses millions…

Les yeux de Chasdo brillèrent.

– J'ai une idée géniale, nous l'appellerons : **ART HYGIÉNIQUE** !

Je suggérai :

– Euh, Chasdo, tu ne préférerais pas un nom plus classique, par exemple…

– O.K. ! **RAT ART**

Chasdo me broya les os en me donnant une *accolade* enveloppante, genre étau, puis il se mit à la fenêtre et tonna :

– Moi aussi, j'ai une maison d'édition, moi aussi ! Ha ! ha ! haaa !

Puis il hurla si fort qu'on l'entendit à l'autre bout de la rue :

– Et elle s'appelle **RAT ART** ! Inutile de vous
dire que c'est un truc d'artistes, d'intellectuels !!!
Pendant un moment, la foule sembla désorientée.
Puis mille voix s'écrièrent :

– Ouaiiiiiiiiiiiis ! Pour *Chasdo Toilettone* : hip, hip,
hip… hourra !
Puis :

– Pour **RAT ART** : hip, hip, hip… hourra !

PRENDS NOTE, SCRIBOUILLARD !

Le lendemain matin, sur la porte, je découvris une plaque de laiton brillant sur laquelle était gravée cette inscription…

RAT ART !

DES LIVRES INTELLOS QU'ON
NE PEUT PAS FAIRE PLUS INTELLOS !

Chasdo était déjà installé dans son nouveau bureau, juste à côté du mien.
Il était déjà en train de dicter des notes à son

secrétaire, *Scribouille Scribouillard*, une souris au
PELAGE GRIS et à la mine résignée.
– ... l'art, ah, l'art ! murmurait Chasdo d'un air
inspiré.
Et Scribouille prenait note, résigné :
– L'art, ah, l'art...
C'est à ce moment que passa *Soury Van
Ratten*, mon CCG (Conseiller culturel global).
C'est l'oncle de mon assistante éditoriale, Pinky
Pick. Vous connaissez déjà Soury ? Je l'ai rencon-
tré au cours de mon aventure *le Mystérieux
Manuscrit de Nostraratus*, et depuis lors, c'est
devenu l'un de mes meilleurs amis, même si nous
avons sur les livres des idées très, trèèèès diffé-
rentes...
Soury ← écarta les bras → et tonna d'un air
mélodramatique :
– Pardonnez-moi d'intervenir, mais il faut toujours
mettre un A majuscule quand on parle de l'Art !

Chasdo fut enthousiaste :

– *Par mille lavabos et bidets !* Vous avez raison !
Corrigez, Scribouille, Art avec un A majuscule !
Scribouille corrigea, résigné :

– Art avec un A majuscule...
Soury poursuivit avec entrain :

– CHAPERLIPOPETTE !

Soury Van Ratten

Pinky Pick

Enfin, dans ce bureau où le souci culturel a toujours été négligé, je vois quelqu'un qui s'intéresse à l'Art, à la Culture, aux Livres... enfin, un **I**ntellectuel avec un **I** majuscule !

Chasdo était aux anges.

– Intellectuel ? Avec un **I** majuscule ? Bien sûr ! Venez, venez parler de tout cela dans mon bureau...

Soury saisit la *BALLE AU BOND.*

– Ce ne sont pas les **I**dées qui me manquent, vous savez, pour faire des livres vraiment **I**ntellectuels, vraiment Artistiques...

Chasdo m'appela :

– Stilton ! *Par mille Cabinets avec un C majuscule*, viens écouter les **I**dées de ce rongeur éclairé, elles sont vraiment Culturelles !

Mais je m'étais déjà éclipsé.

MÉMOIRES
D'UN RAT

Six mois plus tard.

Il était sept heures du soir : j'entendis klaxonner en bas de chez moi.

Je me penchai à la fenêtre : une limousine jaune fromage m'attendait dans la rue.

Une souris en costume ▓▓▓▓ ▓▓ ▓▓ ▓ ▓▓▓▓ ▓▓▓▓ ▓▓ ▓▓ ▓ ▓▓▓ ▓▓ passa la tête par la portière : oui, c'était lui, Chasdo Toilettone !

– Allez, Stilton, descends, on est en retard ! Aurais-tu oublié le vernissage de l'exposition des *impressionnables*, organisée par notre maison d'édition ? Après quoi, nous devons aller au concert de *musique de salle* !

Je sortis dans la rue, montai en voiture et chicotai :

– Euh, Chasdo, excuse-moi de te reprendre : on ne dit pas *impressionnables*, mais *impressionnistes...* et on dit *musique de chambre*, pas *musique de salle...*
Il haussa un sourcil **broussailleux** et tonna :
– Ah bon ? Vraiment ??? *Par mille déboucheurs d'évier*, c'est toujours bon à savoir !
Puis il cria à son secrétaire, qui était assis près du chauffeur :
– Scribouille, prends note !
L'autre chicota, résigné :
– À vos ordres, monsieur Toilettone.
Chasdo ricana et me donna un coup de coude, tout joyeux.
– *Par le tout-à-l'égout !* Cher Stilton, si je continue sur ma lancée, je finirai par être une souris (presque) intellectuelle ! J'ai déjà commencé d'écrire mon autobiographie (je la dicte à Scribouille). Je crois que je l'intitulerai MÉMOIRES D'UN RAT...

... et je l'imprimerai sur un seul rouleau de papier hygiénique ! Comme ça, on pourra la lire bout par bout, à mesure qu'on déchirera les morceaux de papier !

On pourrait se faire sponsoriser par une marque de papier hygiénique, par exemple **Moelleusique** !
Qu'en penses-tu ? Hein ?
L'idée te plaît ?
Sans attendre ma réponse,
il ***RUGIT*** :
– Scribouille, prends note !
Tu as pris note, Scribouille ???
Par mille tuyaux rouillés !
Puis il s'adressa à moi :
– Alors, qu'en penses-tu, Stilton ?
Hein ? Qu'en penses-tu ?
Qu'en penses-tu, associé ?

Scribouille
Scribouillard

Je m'accordai un répit :

– Euh, il faut que j'y réfléchisse. En tout cas, c'est une idée très originale…

Cependant, nous étions arrivés à l'exposition de peinture.

Nous descendîmes de voiture et nous dirigeâmes vers la galerie d'art, où allait commencer le **vernissage**.

Chasdo était heureux. Il entra en hurlant :

– Je suis monsieur Toilettone, celui des Éditions **RAT ART** !

Il commença à serrer les pattes des intellectuels, des journalistes et des écrivains, à droite et à gauche, en criant, tout heureux :

– Salut ! Comment ça va ? Pas mal, cette expo, hein ? **QUELLE IMPRESSION VOUS FONT CES IMPRESSIONNISTES ?** *Ha ! ha ! haaa !*

Puis il s'approcha de moi et murmura, tout ému :

– Merci, Stilton. Maintenant que j'ai une maison d'édition, je suis vraiment heureux. Tu as exaucé mon plus grand rêve ! Tu es un véritable ami !

... c'était devenu une souris (presque) intellectuelle !

Tandis qu'il s'éloignait, je pensai que Chasdo était devenu une souris (presque) intellectuelle.

C'est alors que j'entendis un cri :

Attention les moustaches, Sourigon arrive !

La porte s'ouvrit, mais, vif comme un rat, je pus m'écarter à temps. Aussi, cette fois-là, la porte ne me cogna pas le museau et ne me cabossa pas les moustaches !!!

Il sourit et murmura :

– On peut se tutoyer ? C'est rudement bien de travailler avec toi, Stilton !

Je murmurai :

– C'est bien de travailler avec toi, Sourigon !

Puis je **souris**... sous mes moustaches.

TABLE DES MATIÈRES

Geronimo Stilton

DANS LA MÊME COLLECTION

L'ÉCHO DU RONGEUR
1. Entrée
2. Imprimerie (où l'on imprime les livres et le journal)
3. Administration
4. Rédaction (où travaillent les rédacteurs, les maquettistes et les illustrateurs)
5. Bureau de Geronimo Stilton
6. Piste d'atterrissage pour hélicoptère

Sourisia, la ville des Souris

1. Zone industrielle de Sourisia
2. Usine de fromages
3. Aéroport
4. Télévision et radio
5. Marché aux fromages
6. Marché aux poissons
7. Hôtel de ville
8. Château de Snobinailles
9. Sept collines de Sourisia
10. Gare
11. Centre commercial
12. Cinéma
13. Gymnase
14. Salle de concerts
15. Place de la Pierre-qui-Chante
16. Théâtre Tortillon
17. Grand Hôtel
18. Hôpital
19. Jardin botanique
20. Bazar des Puces-qui-boitent
21. Parking
22. Musée d'Art moderne
23. Université et bibliothèque
24. La Gazette du rat
25. L'Écho du rongeur
26. Maison de Traquenard
27. Quartier de la mode
28. Restaurant du Fromage d'or
29. Centre pour la Protection de la mer et de l'environnement
30. Capitainerie du port
31. Stade
32. Terrain de golf
33. Piscine
34. Tennis
35. Parc d'attractions
36. Maison de Geronimo Stilton
37. Quartier des antiquaires
38. Librairie
39. Chantiers navals
40. Maison de Téa
41. Port
42. Phare
43. Statue de la Liberté

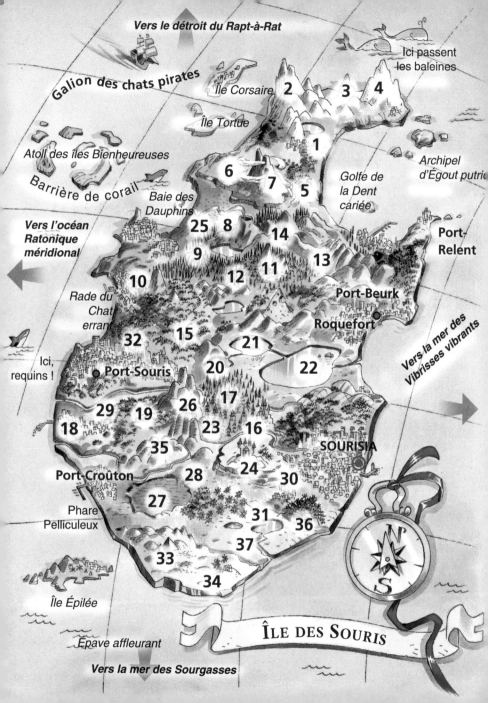

Île des Souris

1. Grand Lac de glace
2. Pic de la Fourrure gelée
3. Pic du Tienvoiladéglaçons
4. Pic du Chteracontpacequilfaifroid
5. Sourikistan
6. Transourisie
7. Pic du Vampire
8. Volcan Souricifer
9. Lac de Soufre
10. Col du Chat Las
11. Pic du Putois
12. Forêt-Obscure
13. Vallée des Vampires vaniteux
14. Pic du Frisson
15. Col de la Ligne d'Ombre
16. Castel Radin
17. Parc national pour la défense de la nature
18. Las Ratayas Marinas
19. Forêt des Fossiles
20. Lac Lac
21. Lac Lac Lac
22. Lac Laclaclac
23. Roc Beaufort
24. Château de Moustimiaou
25. Vallée des Séquoias géants
26. Fontaine de Fondue
27. Marais sulfureux
28. Geyser
29. Vallée des Rats
30. Vallée Radégoûtante
31. Marais des Moustiques
32. Castel Comté
33. Désert du Souhara
34. Oasis du Chameau crachoteur
35. Pointe Cabochon
36. Jungle-Noire
37. Rio Mosquito

Au revoir, chers amis rongeurs, et à bientôt
pour de nouvelles aventures.
Des aventures au poil, parole de Stilton, de...

Geronimo Stilton